AF358314

VENTE
Le Jeudi 29 Juin 1911
HOTEL DROUOT, SALLE Nº 8

*

# COLLECTION DE MONSIEUR G...

DE LONDRES

# TABLEAUX ANCIENS

## ET MODERNES

COMMISSAIRE-PRISEUR

Mᵉ HENRI BAUDOIN

Successeur de M. Paul CHEVALLIER

CATALOGUE

DES

# TABLEAUX ANCIENS

## DES ÉCOLES

*Espagnole, Flamande, Française, Hollandaise et Italienne*

## TABLEAUX MODERNES

## Composant la Collection de Monsieur G...

DE LONDRES

ET DONT LA VENTE AURA LIEU A PARIS

## HOTEL DROUOT, SALLE N° 6

## LE JEUDI 29 JUIN 1911

*à deux heures*

COMMISSAIRE-PRISEUR

## Mᵉ HENRI BAUDOIN, Successeur de M. Paul CHEVALLIER

10, rue de la Grange-Batelière

## EXPOSITION PUBLIQUE

## Le Mercredi 28 Juin 1911, de 2 heures à 6 heures

# CONDITIONS DE LA VENTE

Elle sera faite au comptant.

Les adjudicataires paieront *dix pour cent* en sus des enchères.

Paris. — Imp. de l'Art, Ch. Berger, 41, rue de la Victoire.

# DÉSIGNATION

BERGHEM (Attribué à)

1 — *Jésus chassant les vendeurs du Temple.*

BERGHEM (Attribué à Nicolas)

2 — *Apollon et Argus.*
Cadre en bois sculpté.

BERGHEM (Attribué à Nicolas)

3 — *Bergers et animaux au bord d'un cours d'eau.*

BERGHEM (Genre de Nicolas)

4 — *Le Passage du bac.*

BERGHEM (Attribué à Nicolas)

5 — *Passage du gué.*

BESCHEY (Balthazard)

6 — *L'Adoration des mages.*

BOL (Attribué à Ferdinand)

7 — *Le Musicien.*
Cadre en bois sculpté.

BONINGTON (Genre de)

8 — *Plage à marée basse.*

BONINGTON (Genre de)

9 — *Un Port de mer.*

BONINGTON (Genre de)

10 — *Une Rue de Gênes.*

BONINGTON (Genre de)

11 — *Le Duo.*

BOTH (Attribué à J.)

12 — *Chasse au cerf.*

BOTH (Attribué à JEAN)

13 — *Paysage d'Italie avec figures et animaux devant une cascade.*

BRAUWER (Genre de)

14 — *Kermesse.*

BRIL (Attribué à PAUL)

15 — *Paysage avec figures, constructions et cours d'eau.*

CANALETTO (Attribué à)

16 — *La Place Navone à Rome.*

COLLINS (W.)

17 — *La Route du marché.*

## CONSTABLE

18 — *Le Torrent.*

## CUYP (D'après Albert)

19 — *Vaches au bord d'une rivière.*

## CUYP (Attribué à Albert)

20 — *Les Patineurs.*

## DAEL (Genre de Van)

21 — *Vase de fleurs.*

## DAVID (J.-L.)

22 — *Le Billet doux.*

## DUSART (Attribué à Cornélis)

23 — *Le Départ de l'auberge.*

## DYCK (D'après Van)

24 — *Portrait d'une Princesse.*

## DYCK (École de Van)

25 — *Portrait présumé de Lord Pembroke.*

## DYCK (Genre de Van)

26 — *The Misses Venables.*

## ETTY (Attribué à)

27 — *Amour porté sur les eaux.*

## ETTY (Attribué à)

28 — *Jeune Fille en buste.*

## EVERDINGEN (Attribué à)

29 — *Le Torrent.*

## FALENS (Attribué à Van)

30 — *Le Maréchal ferrant.*

## GAINSBOROUGH (Genre de)

31 — *Troupeau à l'abreuvoir.*

## GAINSBOROUGH (Genre de)

32 — *Heureuse famille.*

## GÉRARD (Théodore)

33 — *La Fillette laborieuse.*
Signé et daté : *1876.*

## GREUZE (D'après)

34 — *La Jeune Fille à l'oiseau.*

## HALS (D'après Franz)

35 — *Le Rommelpot.*

## HEEM (Attribué à D. de)

36 — *Vase de pierre, prunes et raisins.*

## HELST (Attribué à Van der)

37 — *Le Roi boit.*

## HEMSKERK

38 — *Fête villageoise.*

## HEFFNER (Carl)

39 — *La Partie d'échecs.*

## HEUSCH (Attribué à Guillaume de)

40 — *Bergers et animaux sur une route au bord d'une rivière.*

## HEYDEN (Attribué à Van der)

41 — *Intérieur de ville.*

## HOBBÉMA (D'après)

42 — *Sortie de forêt.*

## HOBBÉMA (D'après)

43 — *Ferme auprès d'un cours d'eau.*

## HOBBÉMA (D'après)

44 — *Le Moulin à eau.*

## HOBBÉMA (D'après)

45 — *Paysage avec pêcheur au bord d'un cours d'eau.*

## HOGARTH (Attribué à)

46 — *Jeune Femme tenant une corbeille de fleurs.*

## HUYSUM (Attribué à Van)

47 — *Bas-relief enguirlandé de fleurs.*

### HUYSUM (Genre de VAN)

48 — *Vase de fleurs.*

### JORDAENS (Attribué à)

49 — *Sujet mythologique.*

### K. A. (Signé J. S.)

50 — *Portrait de Femme en noir, tenant un camélia.*

### LANCE (G.)

51 — *Fruits et aiguière sur une table.*
Signé et daté : *1844.*

### LEDUC (Attribué à JEAN)

52 — *Le Corps ue garde.*

### LINGELBACK (Attribué à)

53 — *Un Port de mer.*

### LINNEL

54 — *Le Départ des moutons.*

### LOUTHERBOURG (Attribué à)

55 — *Plage avec figures et bateaux de pêche.*

### LUCATELLI (Attribué à)

56 — *Le Déjeuner de chasse.*

### MEISSONIER (D'après)

57 — *Les Joueurs de dés.*

#### MEISSONIER (D'après)

58 — *Le Buveur.*

#### METSU (D'après GABRIEL)

59 — *Le Retour du chasseur.*

#### METSU (D'après GABRIEL)

60 — *La Partie de musique.*

#### MIÉRIS (D'après)

61 — *Le Marchand de légumes.*

#### MILLET (Genre de)

62 — *Une Bergère.*

#### MOLA (Attribué à PIERRE)

63 — *Sujet biblique.*

#### MORLAND

64 — *Paysan au bivouac.*

#### MURILLO (Genre de)

65 — *La Madeleine pénitente.*

#### NEER (Attribué à A. VAN DER)

66 — *Entrée de ville ; effet d'hiver.*

#### NEER (D'après ARTHUR VAN DER)

67 — *L'Incendie au clair de lune.*

### NETSCHER (D'après GASPARD)

68 — *Portrait d'un Homme d'armes.*

### MIXENER (Attribué à MATHIAS)

69 — *Le Concert au jardin.*

### NEYXNER (LOUIS)

70 — *Paysage ; effet de clair de lune.*

### OMÉGANCK (Attribué à)

71 — *La Ferme.*

### OS (Attribué à VAN)

72 — *Vase de fleurs sur une console.*

### OSTADE (D'après ADRIEN)

73 — *Le Maître d'école.*

### OSTADE (D'après ADRIEN)

74 — *Buveurs devant une auberge.*

### POURBUS (Genre de)

75 — *Portrait d'un roi d'Angleterre.*

### POUSSIN (École du)

76 — *Apollon et Daphné.*

### RAPHAEL (École de)

77 — *La Sainte Famille et saint Jean.*

### REMBRANDT (Genre de)

78 — *Portrait d'Homme, les deux mains appuyées sur une canne.*

### REMBRANDT (D'après)

79 — *Portrait du Maître.*

### ROMNEY (Attribué à)

80 — *Portrait d'Homme en habit vert.*

### ROMNEY (Genre de)

81 — *Jeune Femme et Fillette.*

### ROMNEY (Genre de)

82 — *Portrait de Lady Hamilton.*

### ROMNEY (Genre de)

83 — *Jeune Fille décolletée.*

### ROMNEY (Genre de)

84 — *Portrait de Femme, accoudée sur le bras d'un fauteuil.*

### RUBENS (Genre de J. M. W.)

85 — *Figures allégoriques.*

### RUBENS (D'après)

86 — *La Chasse au lion.*

### RUBENS (École de)

87 — *Les Chevaliers de Saint-Georges.*

RUBENS (École de)

88 — *Persée et Androméde.*

RUBENS (D'après)

89 — *Combat des Amazones.*

RUBENS (D'après)

90 — *Portrait du maître.*

RUYSCH (Attribué à Rachel)

91 — *Un Vase de fleurs.*

RUYSCH (Attribué à Rachel)

92 — *Vase de fleurs.*

RUYSDAEL (Genre de Jacques)

93 — *Route à l'entrée d'un bois.*

STANFIELD (Attribué à)

94 — *Un Port italien.*

TENIERS (D'après)

95 — *L'Alchimiste.*

TENIERS (D'après)

96 — *La Partie de cartes.*

TERBURG (D'après)

97 — *La Musicienne.*

TERBURG (D'après Gérard)
98 — *Le Cadeau.*

TERBURG (D'après Gérard)
99 — *Dame et Gentilhomme au clavecin.*

TERBURG (D'après Gérard)
100 — *Jeune Femme se lavant les mains.*

TITIEN (École du)
101 — *Le Christ devant Caïphe.*

TROYON (Genre de)
102 — *Vache à l'abreuvoir.*

TROYON (Genre de)
103 — *La Vallée de la Touques.*

TROYON (Genre de)
104 — *Le Garde-chasse et ses chiens.*

TURNER (Genre de)
105 — *Vue d'Orient.*

TURNER (Genre de)
106 — *La Terrasse.*

TURNER (Genre de)
107 — *Marine.*

TURNER (Genre de)
108 — *Vue d'Orient.*

### VELASQUEZ (École de)

109 — *Portrait de Philippe IV.*

### VELDE (École de ADRIEN VAN DE)

110 — *Berger et animaux à l'entrée d'un bois.*

### VELDE (École de WILHELM VAN DE)

111 — *Marine avec bateaux à voiles.*

### VERBOCKHOVEN (E.)

112 — *Bergers et moutons dans la montagne.*

### VERBOCKHOVEN (EUGÈNE)

113 — *Vaches dans une prairie.*

### VERMEULEN (A.)

114 — *Scène de patinage.*

### VINCI (Genre de LÉONARD)

115 — *La Sainte Famille.*

### WATTEAU (D'après)

116 — *Fête champêtre.*

### WATTEAU (Genre de)

117 — *Joyeuse compagnie.*

### WATTEAU (Genre de)

118 — *La Danse.*

### WERF (ADRIEN VAN DER)

119 — *Samson et Dalila.*

## WERF (Attribué à ADRIEN VAN DER)

120 — *Pastorale.*

## WOOD (JOHN)
### (DEUX PENDANTS)

121 — *Têtes d'enfants.*

## WOUWERMANN

122 — *Scène de camp.*

## ÉCOLE ANGLAISE

123 — *Portrait d'Homme en habit verdâtre, assis dans un fauteuil à haut dossier.*

## ÉCOLE ANGLAISE

124 — *Jeune Femme, coiffée d'une mantille et tenant une rose.*

## ÉCOLE ANGLAISE

125 — *Jeune Femme en robe blanche avec ceinture jaune, fond de parc.*

## ÉCOLE ANGLAISE

126 — *La Jeune Femme à la perruche.*

## ÉCOLE ANGLAISE

127 — *Jeune Femme en corsage blanc, ceinture bleue.*

## ÉCOLE ANGLAISE

128 — *Portrait de Femme en robe de mousseline blanche avec châle jaune.*

## ÉCOLE ANGLAISE

129 — *Paysage prés Norwich.*

## ÉCOLE FLAMANDE

130 — *Paysage avec ruines et figures.*

## ÉCOLE FLAMANDE

131 — *Jeune Homme en veste jaune.*

## ÉCOLE FLAMANDE

132 — *Bords d'un lac italien.*

## ÉCOLE FRANÇAISE

133 — *Jeune Femme, tenant un éventail.*

## ÉCOLE FRANÇAISE

134 — *Deux Pèlerins.*

## ÉCOLE HOLLANDAISE (XVIIe siècle)

135 — *Sujet biblique.*

## ÉCOLE HOLLANDAISE

136 — *Fête dans un palais.*

## ÉCOLE ITALIENNE
### (DEUX PENDANTS)

137 — *Scènes de la vie de Moïse.*

www.ingramcontent.com/pod-product-compliance
Lightning Source LLC
LaVergne TN
LVHW021901180726
843502LV00008B/2811